KB196346

너의 노래를 위한 나의 노랫말

곰곰나루시인선 20

너의 노래를 위한 나의 노랫말

박용재 외 작사시집

곰곰나루

당신의 노래에 이 노랫말을 드려요

일찍이 시는 노래와 한몸이었다. 우리 고전문학의 앞자리를 장식하는 '공무도하가', '황조가', '구지가' 등이 모두 노래로 불린 것에서 문자만 남은 것이다. 향가, 민요, 별곡, 시조 또한 '노래로 불린 시', '시로 쓰인 노래'였다. 이런 전통이 근대에 들어 '시 따로 노래 따로'가 되었다.

노래와 함께 시작한 시는 문자만으로 따로 분리되면서 인간의 혼을 언어로 대변하는 시문학으로 정착되고 심화되어 왔다. 반면 노래와 더불어 남아 있는 시는 '작사(作詞)'라는 이름으로 '작곡(作曲)'이라는 이름의 형태와 어우러져 노래의 근간에 자리해 있다. 오늘날 시는 문자 특성으로 날로 깅화되었지만 한편에서 노래와 한몸이던 시절에 대한 본원적 향수를 지우지는 못한다.

이 작사시집(作詞詩集)은 문자만을 표현매개로 하는 시문학의 자리에서 노래에 대한 이러한 본원적 향수를 되살리려는 취지에서 창작한 '작사시(作詞詩)'를 모은 것이다. 2024년 1년 동안 '문예콘텐츠로서의 작사'를 연구, 분석하면서 직접 작사시 창작을 시도한 결과물이다. 쓰고 나누고 다듬고 하면서 대중가요 현장에 당장 가져가 작곡을 얹으면 멋진 노래가 되지 않을까 상상했다.

한류가 글로벌문화로 빛을 발하면서 저작권에 대한 관심이 매우 커졌다. 작사가 작곡과 같은 대우를 받는다는 사실도 이제는 널리 알려진 듯하다. 한데 실제 어떤 사람이 작사를 하고 또 그 작사가 어떤 경로를 통해 노래로 완성되는지에 대해서는 잘 알려져 있지 않다. 여러 곳에 작사학원이 생겨 새로운 작사가들이 연이어 양성되고 있고, 그만큼 좋은 작사들이 많이 발굴되고 있는 모양이다. 그러나 실제 좋은 작사인데도 가요 현장에서 전혀 모르는 경우가 적지 않은 듯하다. 훌륭한 작사가 재목인데도 그냥 묻혀 버린다면 얼마나 안타까운가. 이 책이 어쩌면 그런 숨은 작사들을 노래 제작으로 잇는 하나의 통로가 될 수 있지 않을까 싶다.

  강의를 수강한 단국대 대학원 문예창작학과 창작인들이 중심되어 시작한 이 일에 단국대 국제문예창작센터와 한국문화기술연구소가 공동기획자로 나서서 출판까지 이끌었다. 이미 작가로서 이름을 떨치고 있는 교수님, 잘 알려진 가요의 작사가인 동문 창작인도 실명으로 또는 예명으로 참여하면서 책 모양이 더욱 볼 만해졌다. 각 작사 밑에 짧게나마 창작의도를 붙였으니 그걸 읽는 재미도 있을 것이다. 완성될 노래를 상상하면서 읊조리다 보면 어느덧 진짜 노래가 될 그런 '작사시'가 여기에 있으니, 시와 음악을 사랑하는 분들 특히 가요계 분들의 눈길과 손길을 기대한다.

2025년 1월
박용재

너의 노래를 위한 나의 노랫말

차례

제3부 여름비

제4부 아픈 막걸리

■ **자나깨나 오지랖**

제1부

격정공장

■ 황지희

걱정공장

오늘도 쉬지 않고 돌아가는 삶의 공장
있는 걱정 없는 걱정 뚝딱뚝딱 만드는
여기는 24시 연중무휴입니다.

타임머신 타고 과거로 미래로 떠나
여기저기 널리고 깔린 게 걱정이지요.
성적걱정 취업걱정 결혼걱정 승진걱정
꼬리에 꼬릴 물고 끝없이 생겨나지요.

생각하면 할수록 얽히고설켜
꾸깃꾸깃 머릿속에 걱정뭉치를 구겨넣어
(그러다 터질라 그러다 탈날라)
멈추고 싶지만 고장 난 브레이크
밤샘 중노동에 내 몰골은 좀비야.
(그러다 터질라 그러다 탈날라)

〉

얼굴을 뒤덮은 다크써클은 어쩔 거야?
차라리 뇌를 빼버리고 싶은 오늘 밤
하루라도 마음 편히 잠들면 좋겠네.

그거 알아 멍게는 자기 뇌를 먹어버린대.
그리고 널브러져서 뇌가 없이 살아간대.

이럴 땐 나도 멍게처럼 슬쩍 뇌를 빼고 싶어
아무 생각 없이 멍하게 멍 때리게
가끔은 뇌가 없는 멍게처럼 사는 거야.
그렇게 살아가도 괜찮을 거야.
흘러가는 대로 내버려 두는 거야.
(반복 2회)

어차피 매일매일 쉼없이 돌아가는 삶은
걱정공장이니까.

▶ 생각이 많은 탓에 불면증으로 심하게 고생을 한 적이 있다. 겨우 잠들어도 어떤 걱정이 떠오르면서 잠이 확 깬다. 그런데 멍게는 정착할 곳을 찾으면 자기 뇌를 먹어버리고 평생 그곳에서 산다고 한다. 해서, 멍게처럼 뇌가 없으면 어떨지 생각해 보며 현실에서는 불가한 일이지만 가사로 표현하면서 잠시나마 걱정으로부터 해방감을 누리고 싶은 마음으로 써 보았다.

각질킬러

[인트로 느낌]

저기, 너 말이야 너

(응? 나 불렀어?)

언제까지 나한테 달라붙어 있을 거야?

(영원히)

이제 그만 떨어져줘 부탁이야 제발

(난 너뿐이야. 날 버리지 말아줘 제발)

A.

서슬 퍼런 칼날을 세우고

나를 향해 다가오는 너

싹둑 싹둑 무자비한 손길로

나를 조금씩 없애가지

눈 한 번 껌뻑하지 않고

나를 제거하는 잔인한 너

너무 아파서 견딜 수 없어
너 없는 나는 의미가 없는데
왜 자꾸 나를 떼어내는 거야?

B.
그래 난 너를 노리는 킬러
덕지덕지 쌓여가는 네가
자꾸자꾸 거슬린단 말이야
별별 수단방법 다 동원해서 널
잘라내고 긁어내고 녹여내지
그런데 넌 왜 사라지지 않니?
없애고 없애도 또 살아나더라
오징어 다리보다 더 질기게
매달리는 네가 지긋지긋해 난
널 만나고 내 고운 피부가
공룡알 껍데기처럼 까칠해졌어
매끈했던 그때로, 당당했던 그때로,
네가 없던 그때로 나 다시 돌아갈래

오늘은 실패지만 내일은 진짜 굿바이
한 점도 남김없이 널 없앨 거야

A.
난 지금 이대로가 좋아
너의 넓은 품이 내겐 딱이야
미안해 난 널 떠날 수 없어
우리의 운명은 강력 접착제보다 강해
너와 난 하나야 이제 받아들여

▶ 어느날 발뒤꿈치에 각질이 생겼다. 별 신경 안 썼는데 점점 굳은살처럼 딱딱해졌다. 양말 신을 때도 거슬리고 아무리 없애려도 없어지지 않았다(더러워서 죄송합니다). 굳은살이 된 각질을 떼어내고픈 마음과 헤어지고픈 연인의 이야기를 중의적으로 표현해 보았다.

■ 김남극

박각시 오는 밤

밤에 피는 박꽃을 찾아
밤에 오는 손님
몰래 꽃을 찾아
몰래 사랑을 이루고

사랑스럽지 않은 얼굴로
애틋하지 않은 몸으로
어둠 속에서 사랑을 이루는
박각시, 박각시 보다가
잠드는 여름 밤

박각시, 박각시 불러보다가
잠드는 여름 밤

자신의 흉한 얼굴을 숨기고

몰래 꽃을 찾아
몰래 사랑을 이루는
박각시 슬픈 박각시

밤에 피는 박꽃을 찾아
밤에 오는 손님

▶ 가곡 가사라고 생각하고 썼습니다. 밤에 박꽃을 찾아온다는 나방 '박
각시'는 이름과는 다르게 흉합니다. 부끄러워 밤에 하얗게 피는 박꽃을
찾아 자신의 흉한 얼굴을 숨기고 다가가는 박각시가 겹쳐지는 장면에서
사랑의 또 다른 면모를 볼 수 있을 듯합니다. 이젠 박각시를 아는 사람도
점점 사라지는 시절입니다.

이별 뒤에

그만 헤어지자는 말 뒤에 남은
시원한 아메리카노 따뜻한 아메리카노

니가 닫고 간 문 안에 남아
아무렇지 않게 라면을 끓이고
아무렇지 않게 술잔을 채우고
아무렇지 않게 일기를 쓰고

그만 헤어지자는 말 뒤에 남은
긴 머리카락 짧은 머리카락

니가 떠난 뒤 혼자 남아
먹먹하게 밥을 하고 청소를 하고
먹먹하게 TV를 보고 전화를 걸고
먹먹하게 천정을 보고 멍하니 앉아

〉
그만 헤어지자는 눈물 뒤에 남은
너의 온기 너의 향기

아무렇지 않게 잠을 청하고
먹먹하게 새벽에 깨어
울다가 울다가 한숨 쉬다가
아무렇지 않게 또 잠을 청하고

그만 헤어지자는 말 뒤에 남은
니가 가버린 문 나만 남겨진 방

시원하지도 따뜻하지도 않은
아메리카노 아메리카노

▶ 남녀의 이별을 생각했습니다. 제 경험으로는 이별이 다가올 때 이별
장면은 당혹스럽다가, 일정한 시간이 지나면 큰 절망으로 갑자기 다가오
는 게 아닌가 합니다. 이별 후에도 아무렇지 않게 일상적 행위를 하다가
갑자기 이별을 체감하는 것. 이별을 통보하고 상대가 떠난 후 남겨진 화
자의 상황과 마음을 썼습니다. 화자는 남자든 여자든 상관없다고 생각했
습니다.

곁

바람이 처마 밑에 머물 듯이
내 곁에 있어 줄래
봄꽃이 그늘 아래 향기를 떨구듯이
내 곁에 있어 줄래

우리는 모르잖아
바람은 어디로 가는지
봄꽃은 언제 지는지

멧새가 가지에서 쉬듯이
내 곁에 있어 줄래
별빛이 뜨락에서 반짝이듯이
내 곁에 있어 줄래

우리는 모르잖아

멧새는 어디로 가는지
별빛은 언제 지는지

내 곁에 있는 모든 게 사라지는 날
바람도 봄꽃도 멧새도 별빛도

내 곁에 있어 줄래
내 곁에 있어 줄래

▶ 외로운 날이 많아졌습니다. 혼자 밥을 먹거나 차를 마시며 지나는 차
나 행인을 벗으로 생각해야 하는 시간이 늘어나고 있습니다. 그런 사람
들에게도 꽃이나 별이나 바람이나 멧새가 벗이 되고 위로가 되면 좋겠다
는 생각에 썼습니다. 외로운 사람들에게 위로가 되는 게 노래가 아닐까
생각했습니다.

■ 김상빈

안녕, 나야 명왕성

verse 1
나의 기억 속에 떠오르는
질문이 가득한 눈동자
안녕, 너의 새파란 인사는
기울어진 거리를 좁혀왔어

후렴 1
이제 서로 다른 위치에서
가야 할 길을 가는 너와 나
문득 생각 난 그날의 만남이
오늘을 파고들어

verse 2
어두운 세상의 끝자락까지
닿아야 했던 너의 호기심

느리게 흐르는 내 세상 속에
던져진 선물이었던 거야

후렴 1 (반복)
이제 서로 다른 위치에서
가야 할 길을 가는 너와 나
문득 생각 난 그날의 만남이
오늘을 파고들어

D. bridge
영원할 것 같은 시간으로
똑같은 하루를 살다 보면
식을 줄 알았던 그리움

후렴 2
우린 서로 다른 방향으로
가야 할 길을 가고 있지만
네가 지어준 내 이름 하나가
무겁게 날 감싸 안아

〉
차가운 마음에 내려앉는
그 추억만으로도
나는 하루 만에 다시
널 향한 그리움의 바다를 만들지

▶ 잊혀진 별, 명왕성. 태양계에서 퇴출당한 이후로 '소외', '이별'이라
는 테마와 자주 엮인다. 그런 쓸쓸한 분위기를 생각하며 지구를 그리워
하는 명왕성의 입장에서 가사를 썼다. 잊을 수 없는 기억 속, 보고 싶은
존재(지구)가 생각날 때, 그 순간만큼은 그 존재를 위한 그리움이란 바다
가 생겨난다.

한 번쯤 말이야

verse 1
보고 싶지 않은 장면들이
하루를 가득 채우면서
내 마음은 새까만 구름
슬픔이 손짓할 때마다
내가 할 수 있는 건
비를 맞고 서 있는 것뿐일까

후렴 1
세상은 버티는 게
정답이라고 말하지만
한 번쯤 도망가도 괜찮아
쓸쓸한 마음을 비우기 위해서
그냥 눈을 감아도 돼

verse 2

듣고 싶지 않은 소리들이

하루 속을 기어 다녀서

내 마음은 벌레 먹은 들판

절망이 고개를 내밀 때

내가 할 수 있는 건

뜯어 먹히는 것뿐일까

후렴 1 (반복)

세상은 버티는 게

정답이라고 말하지만

한 번쯤 도망가도 괜찮아

쓸쓸한 마음을 비우기 위해서

그냥 듣지 않아도 돼

D. bridge

물론 하고 싶은 대로

다 할 수는 없겠지만

받아들여야 하는 게 있지만

후렴 2
세상은 버티는 게
정답이라고 말하지만
한 번쯤 놔버려도 좋잖아
상처가 아물 수 있도록 오늘은
그냥 한번 쉬어가는 거야

▶ '오늘 하루도 열심히', '버티는 게 이기는 거다'라며 용기를 주는 노래가 많다. 하지만 한 번쯤은 그냥 포기해도 되고, 하고 싶은 대로 해도 된다는 내용의 노래도 듣고 싶다.

■ **김선화**

내 인생이야 내버려 둬

1.
야 나도 놀고 싶어
야 나도 자고 싶어
야 나도 쉬고 싶어

왜 나를 가만히 두지 않는 거야
어깨 잡지 마 엎어치기해 버릴 거야
앞길 막지 마 스트레이트 날릴 거야

연락하라고 보채지 마
자고 일어나서 할게
서로 안 죽었는지 확인만 하면 되잖아

내 인생이야
내 인생이야

우리 서로 귀찮게 하지 말자

Na na na na na na na na
na na na na na na na na
(지옥철 너무 싫어~)

Na na na na na na na na
na na na na na na na na
(술 먹고 소리 지르지 마~)

2.
야 나도 놀고 싶어
야 나도 자고 싶어
야 나도 쉬고 싶어

왜 나를 귀찮게 불러대는 거야
연애하지 마 망할 놈의 이별술 그만
집에 좀 있어 피곤하다매 제발 그만

연락하라고 보채지 마
자고 일어나서 할게
서로 애인에게만 다정히 굴면 되잖아
내 인생이야
내 인생이야
우리 서로 귀찮게 하지 말자

Na na na na na na na na
na na na na na na na na
(지옥철 너무 싫어~)

Na na na na na na na na
na na na na na na na na
(술 먹고 소리 지르지 마~)

Bridge
너가 잘나봤자 우리 엄마만 하겠니
다 멍칭이들 그래 나 빼고 너 포함이야
내 인생이야 내 인생이야

저리 비켜 저 구석에 있어
날 내비려 둬

Na na na na na na na na
na na na na na na na na
(지옥철 너무 싫어~)

Na na na na na na na na
na na na na na na na na
(술 먹고 소리 지르지 마~)

야 나도 놀고 싶어
야 나도 자고 싶어
야 나도 쉬고 싶어

▶ 바쁘고 피곤한 일상에서 먹고 자고 놀고 쉬고 뒹굴고의 욕구를 조금
이나마 풀고 싶어 쓴 가사. 그런 중에 실연당한 친구한테 연락이 와서 추
가로 썼다.

초록 아가씨

Hey 초록 아가씨
왜 그렇게 예쁘게 왔나요

벚꽃 모자를 쓰고 참새 울음
치마 팔랑팔랑 가리며
천안 천호지까지 어쩐 일이세요?

천둥오리가 아가씨에게 반했나 봐요
수줍나 봐요 호수에서 나오질 않네요

Hey 초록 아가씨
왜 그렇게 반갑게 왔나요

목련 잎침을 뱉고 봄비 소리 예뻐
하하하하

〉
우리집 베란다까지 어쩐 일이세요?
너무 좋아서 넋해져 버린 내 표정 봐요
바보가 돼요 집밖으로 나오질 못해요

초록 아가씨 초록 아가씨 초롱초롱
가지 말아요 봄도 보여주고
꽃도 보여주고 사랑도 뿌리고
혼자 어딜 가시나요

여름은 너무 땀이 나서 싫어요
겨울은 너무 손 얼어서 싫어요
푸른 치마 아가씨가 좋아요
나의 봄 초록 아가씨

Hey Hey 나 슬퍼서
여름엔 축 늘어질래요

▶ 봄의 주기가 점점 짧아지고 있는 상황이 참 아쉽게 느껴졌다. 사라지는 봄을 생각하며, 그 봄이 떠나가고 뜨거운 날씨를 생각하자니 피곤해지는 스스로에게 공감이 되어서 한 번 써보았다.

■ 김이경

반지

Verse 1

반짝이는 반지 반겨주는 아카시아

두근거리는 설렘 연인 가득한 길

오늘은 특별한 날 용기를 내어

사랑하는 그대에게 마음을 전할 날

Chorus

두 눈을 마주치고

말문이 막혀도 떨리는 목소리로

진심을 속삭여 사랑해요

당신과 함께라면 평생

뭐든 이겨낼 수 있어요

Verse 2

함께 했던 시간들 추억들을 떠올라요

웃음 가득했던 순간들 눈물 흘렸던 날들
갈등 속에서도 서로 견뎌낸 사랑
더욱 깊어졌죠

Chorus
두 눈을 마주치고
말문이 막혀도 떨리는 목소리로
진심을 속삭여 사랑해요
당신과 함께라면 평생
뭐든 해낼 수 있어요

Bridge
나는 이 사랑의 끝을 믿어요
우리가 함께라면 무엇이든 이겨낼 수 있다고
함께 꿈을 꾸고 미랠 만들어가 봐요
웃음 가득한 삶을 살아갈 거예요

Outro
두 눈을 마주치고

말문이 막혀도 떨리는 목소리로

진심을 속삭여 사랑해요

당신과 함께라면 평생

웃을 수 있을 것 같아요

▶ 인생 노래가 몇 곡 있습니다. 그중에 하나가 김동률과 이소은이 함께 부른 '기적'이라는 노래입니다. 처음에는 제가 진짜 만나는 친구에게 불러주고 싶은 노래의 가사를 만들려다, 우연히 여자가 프로포즈를 하는 노래는 많지가 않다는 생각이 들었습니다. 하여 여자가 고백을 준비하고 이를 실행하는 노래를 써보자 하는 마음에 이렇게 지어보았습니다. 자연적인 배경이 너무 많이 등장하는 것은 제 의도와는 좀 달라지기에, 대신 계절감을 넣어보았습니다.

콩콩팥팥

Verse 1
콩 심은 데 콩 나고, 팥 심은 데 팥 난다
사랑을 했더니 사랑이 생긴다
사랑한다고 말하면, 사랑한다고 하네
사랑은 이렇게 아삭아삭 단단해

Verse 2
하늘에는 태양이 빛나고
바다에는 물고기가 펄떡이네
우리 사랑은 영원히 변함없이 널뛸 거야
언제나 함께라면 무서운 것 없어
사랑의 힘으로 모든 걸 이겨낼 수 있을 거야
자 가자 콩 심으러

Bridge

서로의 손을 잡고 세상 끝까지 걸어가자

사랑의 노래를 부르며 행복만 가득 채워가자

우리만 있다면 어려운 것들도 다 쉬워질 거야

자 가자 우리 사랑을 심을 저 밭으로

Outro

콩 심은 데 콩 나고 팥 심은 데 팥 난다

사랑을 했더니, 사랑이 생긴다

사랑한다고 말하면, 사랑한다고 하네

사랑은 이렇게, 아삭아삭 단단해

아~

콩 심은 데 콩 나고 팥 심은 데 팥 난다

▶ 이 곡은 이찬원이 불렀으면 하는 마음에 써 보았습니다. 누나들을 꾀
는 듯한 느낌을 곁들였습니다. 사랑을 하면 사랑이 온다는 기대를 핑퐁
하듯 하는 기운으로 표현하기도 했습니다. 단순한 만큼 쉽게 들을 수 있
는 '노동요' 류가 되었으면 하는 기대도 담았습니다.

■ **김양말세켤레**

걸음걸이

verse 1
혼자선 알 수 없는 일
내게 남겨진 많은 목적지
얼마나 걸어야 다다를까
곁에 너에게 물었지
걸음걸이에 따라 다르지만
계속해서 간다면 마주할 거야
그 말을 믿고 걸어도 될까
고개를 돌리면 뭔가 변한지도 모른 채
익숙한 길만 찾진 않을까

후렴
세상엔 길들이 너무 많아
그 길들을 지켜보는 건물들
그 길들을 지나가는 사람들

자동차의 불빛들도 길을 비추다
지친 채 어딘가로 사라지는데

verse 2
얼마나 더 갈 수 있을까
멈춰 머뭇거리던 내게
다시 네가 말했지
거칠고 험한 언덕이라도
숨을 고르고 바람을 느껴
너답게 걸어 너답게 걸어
어깨 툭 치며 건넨 그 말
이상하다, 어색하다 하지만
뚜벅뚜벅 나답게 걸어보네

후렴
세상엔 길들이 너무 많아
그 길들을 지켜보는 건물들
그 길들을 지나가는 사람늘
자동차의 불빛들도 길을 비추다

지친 채 어딘가로 사라지는데

verse 3
뒤돌아 걸어온 길을 바라봐
앞으로 가려 할 땐 몰랐던
속도만 생각하다 놓쳐버린
보이지 않는 풍경이 있어
늘 나의 곁에서 함께 걸어주는
사랑하는 사람들과 네가 있어

그래 사랑하는 사람들
우리를 생각하며
뚜벅뚜벅 나답게 걸어가는 거야

▶ 헌혈을 300번이나 해서 유공장을 받은 분을 인터뷰했을 때였다. 등산을 갔다가 하산할 때면, 꼭 '정상까지 얼마나 남았느냐'고 물어보는 젊은이들을 만난단다. 걸음걸이만 봐도 그 젊은이가 얼마 만에 정상에 오를지 보이는데 자꾸 물어본단다. 사람마다 다 자기만의 속도가 있는 것이고, 자기 식대로 가다 보면 정상이 나오는 것인데, 그걸 묻는다는 것이다. "그게 바로 인생과 같은 건데…." 그분의 말을 듣고 집에 가는 길에 나의 걸음걸이에 대해 생각하면서 썼다.

엄마표 찌개

Verse A
우리 엄마 전매특허
음식이 있어요
냉장고에 남은 야채
탁탁 썰어 간장물 넣고
자작하게 끓이는 찌개

Verse B
이름도 없이 그냥 간장물이라
가난할 때 대충 먹던 찌개랍니다
짜기만 한 그 맛은 눈물 맛인가
언젠가는 너도 알겠지 웃던
우리 엄마 간장물 찌개

Chorus

알배주 같은 아이늘과

외할머니 찾아가면

배고프지 냉장고부터 여는

우리 엄마 주름진 손

찌개 끓여 잡곡밥에 슥슥 비벼서

내 새끼들 입에 넣어주는

변함없는 그 짭짤한 맛을

잊지 못할 엄마표 찌개

잊지 못할 엄마표 찌개

Verse A

세월 흘러 우리 엄마

하늘로 가고요

문득 찌개 생각날 때

어찌하나 냉장고 열어봐도

막막해 눈물이 나요

Verse B

이름이 없는 진한 그리움이라
어렸을 때 대충 먹던 찌개랍니다
짜기만 한 그 맛은 눈물 맛인가
이제서야 나도 알게 된 그 맛
우리 엄마 간장물 찌개

Chorus

알배추 같은 아이들과
외할머니 찾아가면
배고프지 냉장고부터 여는
우리 엄마 주름진 손
찌개 끓여 잡곡밥에 슥슥 비벼서
내 새끼들 입에 넣어주던
변함없는 그 짭짤한 맛을
그리워라 엄마표 찌개
그리워라 엄마표 찌개

▶ 외할머니가 끓여주던, 우리 집에서는 '간장물'이라고 하던 찌개가 있었다. 냉장고에 남아 있는 채소를 모두 자잘하게 썰어서 강된장처럼 된장과 간장을 넣어 자작하게 끓이는 찌개였는데, 외할머니만 낼 수 있는 특별한 맛이 있었던 것 같다. 2024년 1월 외할머니가 돌아가시고, 문득 그 찌개를 못 먹는다는 생각이 들어 엄마를 화자로 그리운 마음을 담아 트로트 가사로 써보았다.

■ 김향숙

호수

Verse 1
옛길을 걸어요
손을 잡고
추억을 따라서
마음을 펼쳐요

깊이 묻혀 있던
사랑의 씨앗이
천상에 태어나
꽃을 피워가네

Chorus
그리움과 아픔이
가슴을 감싸도
옛길의 호수로

흘러가네

Verse 2
무지개 저편으로
길을 잃었지만
슬픔을 안고서도
추억이 흘러가

Chorus
그리움과 아픔이
가슴을 감싸도
옛길의 호수로
흘러가네

Bridge
시간이 흘러도
우리의 사랑은
영원할 거야
끝없이 피어나리라

Chorus
그리움과 아픔이
가슴을 감싸도
옛길의 호수로
흘러가네

Outro
풍성한 추억들이
물결처럼 흘러가
옛길의 호수로
우리의 사랑이 피어나네

고향의 노을

Verse 1
그리움이 눈물을 담아
고향으로 향하는 길 위로
언제나 너를 그리고 있어
마음속에 빛나는 노을처럼

Chorus
고향의 노을이여, 나의 고향의 노을
그곳에 가고프다, 나의 마음이 흔들려
사랑과 추억이 함께 춤을 추며
고향의 노을 속에 빠져들어

Verse 2
사랑이 향기로워
그대 곁을 맴도는 바람 속에

언제나 함께 하고 싶어
고향의 노을이여, 너를 품에 안고 싶어

Chorus
고향의 노을이여, 나의 고향의 노을
그곳에 가고프다, 나의 마음이 흔들려
사랑과 추억이 함께 춤을 추며
고향의 노을 속에 빠져들어

Bridge
시간을 잡아두고 풀 때
그곳에 우리의 이야기가 흘러간다
추억이 담긴 노래가 흘러
고향의 노을 속으로

Chorus
고향의 노을이여, 나의 고향의 노을
그곳에 가고프다, 나의 마음이 흔들려
사랑과 추억이 함께 춤을 추며

고향의 노을 속에 빠져들어

▶ 옛날, 그리움의 자리에 앉아 마음을 미로 속으로 빼놓는다. 추억의 호수에 발을 담가보니, 어린 시절의 장난감 소리가 흐르며 잊었던 기억들이 떠올랐다. 손에 쥔 그림책 속의 이야기들이 마음에 떠올라 풍경으로 번져 나간다. 옛길을 걷고 싶은 욕구가 나를 더 멀리 이끌었다. 그리고 고향의 노을을 바라본다. 노을은 나에게 고향의 따뜻한 향기를 불러일으키며, 어릴 적 햇살 아래 놀던 기억들을 떠올리게 한다. 이젠 멀고 먼 시간 속으로 떠나 보내지만, 그리움은 여전히 마음속 깊은 곳에 머물러 있다. 노을은 나를 고향의 풍경으로 안내하며, 시간을 뛰어넘는 추억의 시간여행을 이끌어준다. 이 두 곳, 호수와 노을, 그리고 그 안에 담긴 추억들은 사랑의 시간여행을 보여준다. 그 시간 속에서 자유롭게 떠돌며 과거와 현재, 그리고 미래의 사랑을 느끼고 있다. 추억의 호수와 고향의 노을은 마치 사랑의 시간여행을 위한 문이며, 이 문을 열고 닫으며 자유롭게 떠난다. 그리고 항상 사랑은 그곳에서 나를 기다리고 있다.

■ 박청림

면접

그래요 날 잡아요
제가 잘하는 거요
쥐를 잘 잡아요
벌레도 잘 잡아요
아 개는 못 잡아요
털이랑 이빨이 많아서

거짓말이에요
알러지가 있어요
사람만 보면 기침이
에취 그래도 잘 잡아요

비 오는 날도
바람 부는 날도
눈 오는 날도

엄청 잘 잡아요

물론 화창한
주말에도 일해 드릴게요
주휴수당 안 받고요
저 같은 사람 못 구해요

손님을 잡아드릴게요
발길 떨어지지 않게
꼭 잡아드릴게요
날 잡아요
날 꼭 잡아요

▶ 아르바이트 면접을 보는데 MBTI가 뭐냐고 묻기에, 잘 기억은 안 나지만 ESTJ인 것 같다고 대답했다. 왜냐하면 그렇게 말해야 뽑아줄 것 같았기 때문이었다. 나는 거의 정반대의 성격이었기 때문에 열심히 ESTJ인 척했다. 그러다 보니 내가 진짜로 ESTJ인 것 같다는 생각이 들었다. 절박함은 사람의 성격도 잠깐이지만 바꿨던 것이다. 그때의 면접 상황을 떠올려보았다.

cucumber

내가 키운 오이는 친환경 오이야
수분 90퍼센트인지는 알 수 없어
기다란 그것 쿰쿰한 냄새
아마도 피클
아닌가 꽤나 싱싱해 but
She doesn't eat cucumber

건강한 냄새 누군가에겐 그게 아니래
다가오는 쓴맛 you said
오이를 먹느니 진흙을 먹겠어
오이를 먹느니 종이를 먹겠어
오이를 먹느니 바위를 먹겠어

어이 너는 가리는 것도 많다
어이가 없다 귀한 줄도 몰라 yes

She doesn't eat cucumber

내가 키운 오이
친환경 오이 but
네가 준 걸 먹느니 진흙을 먹겠어
네가 준 걸 먹느니 종이를 먹겠어
네가 준 걸 먹느니 바위를 먹겠어

She doesn't eat cucumber
She doesn't want your cucumber
make a vomit dear cucumber

언니는 오이다
언니는 어이없는 오이다

▶ 먼 옛날 언니가 갓 딴 신선한 오이를 먹고 싶다기에 텃밭에서 정성껏
길러서 준 적이 있다. 언니는 오이를 다 먹더니 입에 손가락을 넣어서 토
했다. 알고 보니 오이가 싫어서 토한 게 아니라 내가 싫어서 토한 것이었
다. 그래서 오이를 볼 때마다 언니 생각이 난다.

텅 빈 방

verse 1
바닥에는 구겨진 우리 사진들
넌 잘 지내라며 반지를 빼

이번엔 홧김에 헤어지자는 게 아냐
네가 나가버린 방에서 한참을 울어
난 널 놓은 적 없는데

넌 항상 네가 날 더 사랑한다며
날 안심시켰지만
결국 아니었지

후렴
눈가에 일렁이는 눈물은
너의 텅 빈 방을 맴돈다

너의 침대에도 누워본다

이제 다신 여기 못 오니까
조금만 더 눈에 담고 갈게
이제 진짜 마지막이니까
조금만 더 추억하다 갈게

네가 없어서
텅 빈 방
텅 빈 나

verse 2
우린 이미 전부터 끝났었다며
내게 사형선고를 내렸지

내가 너 없이 살 수 없다는 사실보다
네가 나 없이도 살 수 있다는 사실이
나를 괴롭게 만들어

넌 나를 절대 떠나지 않겠다며
굳게 약속했지만
이렇게 떠나네

D. bridge
날 떠나는 널 용서하는
나를 용서할 수만 있다면
그럴 수만 있다면

후렴
눈가에 일렁이는 눈물은
너의 텅 빈 방을 맴돈다
너의 침대에도 누워본다

이제 다신 여기 못 오니까
조금만 더 눈에 담고 갈게
이제 진짜 마지막이니까
조금만 더 추억하다 갈게

넌 나 없이도
살 만한 거지
정말 그런 거지

▶ 사람에게 편안함을 제공해 주는 '방'이라는 공간을 같이 공유하던 연
인이 잦은 다툼 끝에 결국 이별하게 되는 내용을 담았다. 여자는 남자와
의 이별을 생각지도 못했지만 남자는 이미 이별을 생각하고 있었고, 또
다시 싸우게 되자 이번에는 홧김에 하는 말이 아니라며 여자에게 완벽한
이별을 고한다. 이별을 고한 뒤, 남자는 여자를 두고 나가버리고 여자 혼
자 텅 빈 방에 남아 아직 받아들이기 힘든 이별을 하는 과정을 담았다.

미련

verse 1
나의 세상은
무너져도 아무것도 아닌 모래성

너의 세상은 흠집 하나 나면
안 되는 철옹성

너는 되고 나는 안 된다고 말하지
다 알면서도 끝까지 못 놓는
내가 미련해

후렴
보이지도 않는 조그마한 미련이
날 자꾸 여기에 묶어놔

그냥 옆에 언제까지나 있어줘
그냥 옆에 언제까지나 있게 해 줘

verse 2
우리 관계는
다시 꿰맬 수 없고 수선할 수 없어
그래서 차라리
너를 많이 증오했으면 좋겠어

사랑의 종말은 이리도 끔찍하게
깨진 파편들이 널브러지는 모습들일까

D. bridge
추운 겨울이 지나고
따뜻한 봄이 오면
내 미련도 눈덩이처럼
녹아 없어지겠지

내 삶의 희극이었던 니가

이젠 비극을 맞이했으면 좋겠어

후렴
보이지도 않는 조그마한 미련이
날 자꾸 여기에 묶어놔

그냥 옆에 언제까지나 있어줘
그냥 옆에 언제까지나 있게 해 줘

내 세상은 무너져도 상관없어
아무것도 아닌 모래성이 되어도

Re
우리 관계는
다시 꿰맬 수 없고 수선할 수 없어
그래서 차라리
너를 많이 증오했으면 좋겠어

▶ 연인에게 가스라이팅, 즉 정신적 지배를 당하고 있지만 사랑해서 놓지 못하고 있는 미련에 대해서 적었다. 놓아야 한다는 걸 알지만 쉽게 놓을 수 없는, 누구나 한 번쯤 겪어봤을 법한 이야기를 가사에 담았다. 프로이트에 따르면, 사랑과 증오는 밀접하게 연관이 있다. 그래서 마지막 부분에 내 삶의 희극이었던 네가 이젠 비극을 맞이했으면 좋겠다는 문장을 넣어서 상대방을 너무 사랑하지만 그만큼 너무 밉기도 한 양극의 감정이 교차하는 마음을 표현했다.

■ **석주환**

그대로다

(남)

따뜻해진 햇살에 창문을 열었다
밤새도록 비는 파란 하늘을 남겼다
창밖의 모습처럼 달라지지 못한
내 방이 너무도 낯설다

약속한 시간에 전화벨이 울린다
창문 너머에 니가 있는 것 같아
바람에 몸을 깨우지 못하고
침대로 돌아가 너를 찾는다

(여)

서로가 모르는 사이에
찾아온 아픔이
누구의 잘못인지

무엇이 잘못됐는지

(남)
모르고 서 있는 네 모습은
여전히 그대로다

(여)
약속한 시간에 전화를 걸었다
창문에 보이는 너의 그림자는
슬프게 우는 널 안고서
침대로 데리고 너를 안아주고 싶다

(남, 여)
서로가 모르는 사이에
찾아온 아픔이
누구의 잘못인지
무엇이 잘못됐는지
모르고 서 있는
네 모습은

(남)

여전히 그대로다

▶ 연극 속 남녀 주인공은 대부분 여자가 발코니에 남자는 창문 아래에
서 여자를 바라본다. 만약 남자가 발코니에 있고, 여자가 창문 아래에 있
다면 어떨까? 여기서 이 곡은 시작된다.

열 살 차이

너는 아니라고 하겠지만
남들 보기엔
난 세상 나쁜 여자
우리의 거리가
더 가까워지기 전에
여기서 끝내는 게 좋겠어
눈치 보는 연애가 이젠 질렸어

좀 더 편하자고 말을 놨지만
그게 발목을
잡을 줄 몰랐어
서로가 서로를
더 좋아하기 전에
여기서 끝내는 게 좋겠어
눈치 없이 연하를 만나서 미안

〉
아찔한 너의 향기
내 쪽으로 다가오는 너
나는 나쁜 여자 나는 나쁜 여자
그렇게 내게 오면 돼

나에게 기대앉아
조금 더 붙어 앉자
나는 나쁜 여자 나는 나쁜 여자
이제는 시작하자

나는 나쁜 여자
욕심 좀 내면 어때
나는 나쁜 여자
이제 사랑이 시작해
나는 나쁜 여자
나는 나쁜 여자

▶ 열 살 차이가 나는 연하의 남자와 썸 타던 여자가 죄스러워 헤어지려
고 한다. 하지만 연하남의 매력을 뿌리치지 못하고 어쩔 수 없이 다시 썸
을 타게 되는 노래.

■ 유카리

서점에 가요

verse 1

서점에 가요 당신과 가요

제목만 훑고 사라져요

노란 볼펜 하나 담아가요

책은 언제든 다시 펼칠 수 있어

당신을 만나면 나를 살피고 싶어

후렴 1

책을 읽어요 당신을 읽어요

우리는 작은 글자들로 이루어져 있죠

당신 읽고 나면

당신을 잊을 일 없죠

제목만 스쳐도

이야기는 스며들고

표지만으로도
서로를 알아보죠

책을 읽어요 당신을 읽어요
우리는 작은 글자들로 이루어져 있죠
서로를 읽고 나면
서로를 잊을 일 없죠

verse 2
서점에 가요 나 당신과 가요
책은 쌓이기도 하고요
책은 눕히기도 하지요
책으로 성을 짓다가 무너지면
우리는 손을 잡고 도망가요

후렴
책을 읽어요 당신을 읽어요
우리는 작은 글자들로 이루어져 있죠
서로를 읽고 나면

서로를 잊을 일 없죠

표정만 봐도
당신을 이해하고
걸음걸이만 살펴도
당신을 알아보죠

책을 읽어요 당신을 읽어요
우리는 작은 글자들로 이루어져 있죠
서로를 읽고 나면
서로를 잊을 일 없죠

▶ 서점에 와서 책을 고르다가 서로에게 더 관심을 느끼며 가까운 거리
에서 머뭇거리는 사람들을 볼 때가 있다. 그들의 이야기를 노래로 만들
어보고 싶었다. 어쩌면 사랑이라는 감정은 바로 이처럼 그 사람의 목소
리, 몸짓, 표정 등에 대한 이끌림에서 시작하는 것 아닐까.

바람개비처럼 팔랑거렸네

verse 1
난 바람개비처럼 팔랑거렸네
참개구리처럼 거리를 튀어 다녔지

내 어린 손바닥에는 바람이 앉았다 가고
나뭇잎들은 알아서 길을 내 주었지

수풀 사이로 방아깨비 한 마리 튀어 오르면
홀씨처럼 흩어지던 숲속의 보물들이 내 코끝에 모였지

후렴
재채기를 할 수밖에 없었나
흩어지지 않을 수는 없었나

내 어린 손바닥에는 바람이 앉았다 가고
계절은 제 자리를 찾아 떠나갔네
난 바람개비처럼 팔랑거렸네

verse 2
애벌레처럼 꿈틀거렸네
참매미처럼 온 동네를 휘저었지

내 어린 가슴속에는 구름이 지나고
빗방울을 세다 잠에 들었지

마루 위로 고양이 한 마리 기어오면
내 꼬리를 찾아 자꾸만 뒤를 보았지

후렴
사라질 수밖에 없었나
흔적을 남기지 않을 수는 없었나

내 머리 위로 여전한 하늘이 떠 있어도

나는 보지 않았네 오래 보지 않았네

난 바람개비처럼 팔랑거렸네

▶ 바람개비처럼 팔랑거리는 일. 우리의 어린 시절 골목을 쏘다니고 산을
오르며 세월을 타던 일이 그렇지 않을까. 유년을 회상하는 이야기이다.

바다

verse 1
우리 바다에 가자
오래전 했던 약속을 세어보며
내리는 비가 되어볼게
이는 파도가 되어볼게

조금씩 사라지는 손끝을 봐
애쓰던 마음이 어디로 흘러가는지
숨 가쁘게 바쁜 날들 속에서
차오르는 물을 바라보며
그냥 그렇게 서 있어

후렴 1
우리가 가려던 곳은 어디였나
무엇을 바다라고 생각했나

후덥지근한 해변에 서서
두려운 마음으로 서로를 봐

빙빙 돌아 다시 올 수도 있겠지
한번 떠난 파도가 다시 칠 수도 있겠지
그때 우리 손잡으면 돼

verse 2
우리 서로의 힘이 되자
오래전 했던 약속을 세어보며
떠오르는 편지가 되어볼게
사라지지 않는 마음이 되어볼게

꾹꾹 눌러 담은 문장을 봐
바랜 기억이 어디로 흘러가는지
텅 빈 안부를 묻는 하루 속에서
아무 표정 없이 웃으며
그냥 그렇게 서 있어

D. bridge
두려움 버리고
고통을 버리고
투명해져 가는 너를 돌아봐
나는 파도를 바다라고 생각했는지 몰라

후렴 2
우리가 가려던 곳은 어디였나
무엇을 바다라고 생각했나
후덥지근한 해변에 서서
두려운 마음으로 서로를 봐

빙빙 돌아 다시 올 수도 있겠지
한번 떠난 파도가 다시 칠 수도 있겠지
그때 우리 손잡으면 돼

우리 바다로 가자
우리 바다로 함께 가자

▶ 자꾸 희미해져가는 우리에게. 우리는 무엇을 위해 앞으로 걸어가는지. 우리가 나누었던 약속은 어디로 흘러가는지. 힘든 일상 속에서 우리를 잃어가는 우리가 언젠가 다시 바다를, 파도를, 우리의 마음을, 바라보는 날이 오기를 바란다. 너무 애쓰지 말고, 마음껏 울기도 하면서.

Summer!

verse 1
만원 전철 비 내리는 하루
축축한 발끝 축축 처지는 기분
연일 들려오는 불합격 소식
나는 어디로 가고 있는지

영영 멈추지 않는 톱니바퀴 안에서
보는 창문 밖 풍경은 왜 이리도 빠른지
사진 속 친구들의 모습에
왠지 작고 초라해지는 나
I want to go far away 어디든지
I want to go far away 떠나고 싶어

후렴 1
우리의 summer 태양 아래로

우리의 summer 저 빛을 향해서
모든 걸 다 다 저 멀리 날리고 whoa
우리의 축제라고 생각하자 yeah

verse 2
빗방울 첨벙 퍼지는 무지개
Take me higher 하늘 위로
우리가 떠나는 이 길 위에서
내가 가야 할 곳은 반짝이는 구름의 fantasy

고민은 출발만 늦춰 Let's yayaya
쉽지 않은 하루하루 느리게만 흘러도
물웅덩이 속 작은 구름에
커다란 하늘 위로 뛰어오르는 나
I want to go far away 어디든지
I want to go far away 떠나고 싶어

D. bridge
빛나는 sunshine 뜨거운 trip

우리를 어디로든 데려다주는 꿈
넘어진 무릎을 툭툭 털고 일어나
다시 걸어가면 돼

후렴 2
우리의 summer 불빛 속으로
우리의 summer 시작해 now
모든 걸 다 다 저 멀리 날리고
여름이 가득한 축제가 시작되는 거야

I want to go far away 어디든지
I want to go far away 떠나고 싶어

▶ 지친 우리에게 신나는 노래, 힘찬 함성, 뜨거운 여름을 선물한다. 우
리의 삶이 언제나 불빛 아래 빛나는 축제이기를.

■ 유수임

스마트폰, 사진

1절
스마트폰에 넣어두고 보는 가족사진
엄마 아빠의 환한 미소와 오빠 동생 미소
사진은 또 하나의 나를 보듯
아~~ 우리는 언제 보아도 닮은꼴
Families Can be Together Forever

후렴 1
세월이 지나면 지날수록
추억의 두께가 쌓이는 만큼
스마트폰에 넣어 두고 보는
가족사진이 나를 행복하게 하네요
아! 난 행복한 사람

2절

스마트폰에 넣어 두고 보는 연인 사진
다정한 눈빛으로 마주 보고 미소 짓네
사진은 또 하나의 우리 둘을 보여주네
아~~ 우리는 천년은 족히 살 천생연분
My lover can be Together Forever

후렴 2

세월이 지나면 지날수록
추억의 두께가 쌓이는 만큼
스마트폰에 넣어 두고 보는
연인사진이 나를 행복하게 하네요
아! 난 행복한 사람

3절

나의 스마트폰에 넣어 두고 보는 친구 사진
우리는 오래된 좋은 친한 친구
사진은 또 하나의 우리 둘 보네
아~ 우리는 변치 않을 좋은 친구

You and I can be Together Forever

후렴3
세월이 지나면 지날수록
추억의 두께가 쌓이는 만큼
스마트폰에 넣어 두고 보는
친구 사진이 나를 행복하게 하네요
아! 난 행복한 사람

▶ 스마트폰은 일상생활에서 혹은 삶 속에서 가장 필요하고 소중한 것이다. 하루에도 몇 번을 보는 스마트폰, 그 안엔 언제나 나에게 가장 소중한 가족, 연인, 그리고 친구 사진을 항상 볼 수 있는 것은 나의 행복이다. 날이면 날마다 보는 그들의 모습은 언제나 다정한 모습으로 미소 짓고, 나를 그리워하고 있을 그네들은 나에게 소중한 사람들, 그리고 내가 사랑하는 사람들이다. 때론 달콤한 휴식을 주고, 때론 스트레스도 날려버리게 하는 소중한 가족, 연인, 그리고 친구 사진! 나의 스마트폰 안에는 그들이 항상 웃고 있다. 그들도 알아요. 우리는 서로 사랑한다는 것, 그들은 내 곁을 떠나지 않을 거예요. 우리는 영원하니까.

천의 소리, 피아노

피아노 건반을 어루만지면 흐르는 마음의 소리
쇼팽의 전주곡, 빗방울 소리

슈베르트의 가곡 마왕, 말발굽 소리
바흐의 예수 수난곡, 세상에서 가장 슬픈 소리
베토벤 월광곡, 솟구쳐 오르는 소리
음악가 저마다 다른 어여쁜 소리

봄꽃처럼 따스한 시냇물 소리
여름날의 뜨거운 태양의 소리
가을의 우아하고 고상한 첼로 소리
소복한 겨울의 눈 내리는 소리

계절마다 다른 그리움의 소리
피아노 소리 천의 소리

소년 소녀의 사랑과 기도 소리
엄마 뱃속 아가 웃음소리
존 레논의 평화의 노랫소리
드라마 오페라의 음악 소리

오랫동안 나의 손가락 묶어둔
건반 위에서 쇼팽의 알레그로 모데라토로 춤추고
칼 오르프의 리듬에 아름다운 시가 꿈틀거리는
나의 인생 나의 사랑 운명의 피아노

▶ 피아노를 전공한 나는 소리에 예민하다. 어쩌면 뮤지션쉽 과목에서
두 번을 낙방해서일 듯싶다. 담당 교수님은 대규모 오케스트라를 지휘하
는 지휘자로, 시험 때 3잇단음표를 넣어서 피아노를 세 차례 치시고 그
음표를 음악 노트에 그대로 그려 넣으라 했다. 우리 반 15명 중 한 명을
제외하고는 모두 다음 클래스를 재등록해 다시 들어야 했다. 그런 과정
을 거쳐서 만나고 있는 피아노와의 인연. 지금은 피아노 하나로 '천의 소
리'를 낼 수가 있다. 피아노 소리는 아름답다. 그래서 피아노를 악기의
어머니라 했나 보다.

■ 이상태

그대로 아름다워

서랍 속에 밀어둔 꿈 다시 꺼내면
그대로 남겠지만 조금 변하겠지만

지나간 것은 그대로 아름다워

우린 지나간 길 위에 살고 있어
포기하는 순간엔 핑계거릴 찾지
잘하고 있던 널 사랑한 게 아냐

할 수 있다 생각하면 네 앞의 길 찾게 돼
어른이 된단 건 인생을 책임지는 것

지나간 것은 그대로 아름다워

사랑 바라기 앞서 내 마음 들여다봐

지나간 어젤 슬퍼 말고 다가올 내일 두려워 마
오늘을 지금을 소중히 대할 때
행복은 늘 가까이 다가올 거야

내가 행복할 수 있는 방법 찾는 것
가장 행복할 수 있는 특별한 것

서랍 속에 밀어둔 꿈 다시 꺼내면
그대로 남겠지만 조금 변하겠지만

지나간 것은 그대로 아름다워

서랍 속에 밀어둔 꿈 다시 꺼내면
그대로 남겠지만 조금 변하겠지만

지나간 것은 그대로 아름다워

▶ 지난 일을 후회하면서 과거에 얽매여 있는 데서 벗어나 내일을 꿈꾸며 희망차게 나아가기를 바라는 마음을 담았다.

귀찮은 게 좋아

이거 해줘 저거 해줘
누가 좀 대신해 줘
하라마라 하지 말고
누가 좀 대신해 줘

고민이 너무 많아 마음이 심란할 때
바람이 살랑살랑 가슴이 두근댈 때

결정도 대신해 줘
고백도 대신해 줘
이래저래 하지 말고
알아서 대신해 줘

귀찮은 게 나는 좋아
니가 좀 대신해 줘

〉

고민이 너무 많아 마음이 심란할 때
바람이 살랑살랑 가슴이 두근댈 때

결정도 대신해 줘
고백도 대신해 줘

귀찮은 게 나는 좋아
니가 좀 대신해 줘

뭘 그렇게 자꾸 시켜
다신 다신 시키지 마
귀찮은 게 나는 좋아
귀찮은 게 너도 좋아?

그래도 대신해 줘!

▶ 귀찮아서 아무 것도 하기 싫을 때 누가 대신해 줬으면 하는 바람이 생긴다. 결정도 고백도 대신하고 나아가 경험도 사랑도 인생도 대신해 주는 시대가 오지 않을까를 풍자적으로 상상했다. '해줘'가 아닌 '해죠'라는 화법으로, 결국 바쁘게 흘러가는 일상 속에서 아무 것도 하지 않으면 아무 일도 일어나지 않음을 강조하며 직접 경험해 보고 스스로 움직여야 한다는 걸 말하고 싶었다.

제3부

여름비

계절(Our season)

Verse 1

까맣게 날 닫아뒀던 나의 창에

어느새 틈 사이로 핀 초록 하나

오랫동안 웅크렸던 마음을

한순간에 전부 펼 순 없어도

서두르지 않고 기다려준 너

Pre-Chorus 1

거친 파도를 덮어

바람결의 오름을 넘어

너와 함께하는 시작

아무런 말하지 않아도 돼

느껴져 눈을 맞춘 이 순간

(I do it all for you)

Chorus 1

피어난 별무리 속에

그려낸 어제와

남겨진 여백 그 사이

오래도록 초록이겠지

너와 나의 내일이겠지

만개한 계절과 겹쳐진 마음 그 위로

우릴 노래해

Verse 2

매서운 바람이 나를 흔들어

그렸던 음표가 다시 희미해져

그래도 다시 또 그리자

비로소 우린 우리를 노래해

Pre-Chorus 2

먹구름 드리운 까만 하늘의 변덕도

지금의 우릴 가릴 수 없을 거야

Bridge

길었던 밤에도 아침은 찾아와

우린 이대로 We can go on

Chorus 3

피어난 별무리 속에

그려낸 어제와

남겨진 여백 그 사이

오래도록 초록이겠지

너와 나의 내일이겠지

만개한 계절과

겹쳐진 마음 그 위로

우릴 노래해

Outro

활짝 개인 날이야

나의 창에

You always brighten me up

▶ 무겁게 느껴지는 밤에도 우리 함께라면 괜찮았던 밤들. 흘려보낸 어제, 멈춰 있는 오늘, 쏟아지는 내일을 가사에 담아 봤다. 오래도록 서로의 곁을 내주며 함께 할 수 있기를. 어둠 속을 지나고 있을 누군가에게 위로하는 마음을 보내고 싶었다. 기타 선율이 어울리는 멜로디를 생각했다.

여름비

Verse 1
기억해 네 손 잡았던
여름비 한가운데 우리
작은 우산 아래
해질녘 노을에 물드는 풍경으로
하염없이 걸어갔던 너와 나

Pre-Chorus 1
소란스런 빗소리가
그때로 날 데려가
영원할 것만 같았던 순간
옷깃에 얼룩지듯
이별에 온통 젖어버린 날

Chorus 1
잠깐의 소나기에
추억도 함께 내려
잊었다고 믿었던
나를 비웃고
계절 한켠에 새겨진
마르지도 않는 여름비가
오래도록 그치지 않아

Pre-Chorus 2
바랜 시간과
깊은 그리움
혼자 끌어안고
쏟아지는 여름비
끝이 날 때
아린 추억도
가벼이 멀어질까

Chorus 2
잠깐의 소나기에
추억도 함께 내려
잊었다고 믿었던
나를 비웃고
계절 한켠에 새겨진
마르지도 않는 여름비가
오래도록 그치지 않아

▶ 비가 오는 날에 우산을 갖고 집을 나선 적이 별로 없다. 항상 우산을 잊고 냅다 밖으로 나섰다. 일기예보를 본 날이든 안 본 날이든 늘 그랬다. 그래서 나는 비를 맞은 뒤에 머리카락을 잘 말리는 법을 터득했다. 눅눅하고 습한 마음도 빠르게 잘 말릴 수 있다면 좋을 텐데. 어떤 기억은 영영 마르지 않을 것처럼 군다. 그럴 때는 시간을 갖고 따뜻한 바람으로 잘 말려주어야 한다. 또다시 젖을 걸 알면서도 여름비 속으로 뛰어드는 순간들이 생길 테니. 읊조리듯 노래하는 목소리를 떠올리며 써보았다.

언니에게

verse 1

내게도 그런 순간이 있었지

내 얼굴이 다 가려질 만큼

폭신하고 하얀 털을 가졌던 때가

언니의 발걸음 소리가 멀리서 들려오면

문이 열리기도 전에 빠르게 달려 나갔던 때가

밤마다 몰래 간식을 꺼내 먹던 언니가

작게 부스럭거리는 소리를 내면

잽싸게 방문 앞으로 가 귀 기울이던 때가

언니도 다 기억하겠지?

후렴 1

오늘은 그런 날들이 생생하게 떠올라

언니의 품이 따뜻해서일까

자꾸 눈이 감기려고 해

언젠가 이런 순간이 오게 될 걸 알고 있었어
그래도 언니에게 인사할 수 있어서 다행이야

verse 2
언니의 방문은 언제나 열어봐 줘
내가 언제든 침대 밑에서 잠들다 갈 수 있게

후렴 1 (반복)

D. bridge
밤이야 머리 위로 무지개가 떠가던 바로 그 밤
여기 내 발자국이 있어

후렴 2
언니가 만들어준 내 옷은 두고 갈게
일부러 어제도 그 옷을 입고 잠들었어
가끔 옷 냄새로 내 얼굴 떠올려 줘
내일은 비가 내려서 서둘러야 해
내일 밤에도 곤히 잠들 수 있겠지?

▶ 동물로부터 위로받은 경험이 많다. 그 대표적인 동물이 우리 집 강아지다. 당연히 아직 어리고 건강한 강아지이지만, 이상하게도 언젠가 이별하게 될 날을 상상하게 된다. 그날을 상상하면서 가사를 썼다. 말로 소통할 수 없는 아이에게 '말'이라는 수단이 소통 창구로 활용된다면, 이별의 상황에서 어떤 방식으로 위로를 전할까.

겨울나기

verse 1
꽃잎은 바람에 날리며 떨어지고
발끝에 소복이 쌓여만 가는데
만나자 약속한 그 한 사람은
아직도 눈 속에서 헤매고 있구나

후렴 1
이다음 만나면 들을 수 있을까
우리가 마주 앉아 부르던 노래를
이다음 만나면 닿을 수 있을까
동그랗게 움켜쥔 하이얀 손등에

verse 2
터벅터벅 발자국 소리 따라
머리 위로 물방울 떨어지고

물방울 떨어진 자리마다
하늘은 푸르기만 한데

후렴 1 (반복)

verse 3
한 장 한 장 해는 넘어가고
등 뒤로 그림자 너울지고
노을 지는 모습 따라
꽃잎 발갛게 일렁이는데

후렴 2
이다음 만나면 또 볼 수 있을까
우리가 그리던 노을빛 풍경을
이다음 만나면 걸을 수 있을까
하이얀 꽃잎의 발자국 따라서

verse 4
아니면 겨울을 나란히 걸을까

오래된 사진첩은 이제야 덮고서

▶ 그리운 사람에 관한 노래일 수도 있고, 그리운 때에 관한 노래일 수도 있다. '어떤 때'의 흐름을 계절의 변화로 담아내고자 했다. 오래되고 각별했던 친구를 잃어본 경험이 있다. 이 가사를 쓸 때는 내내 그 애를 떠올렸던 것 같다. 가끔 누구에게도 말할 수 없는 외로운 마음을 안고 집으로 돌아갈 때, 친구를 떠올리곤 한다.

■ 모리씨

너에게 기대

난 상수역 사거리
반짝이는 상수역 1번 출구 불빛에
앨런 긴즈버그의 시집을 높이 비춰보았지
흐린 밤하늘의 빛나는 'Howl'

난 볕이 잘 드는
'제비다방'의 열린 나무 창틀에 앉아
버드와이저 병에 담긴 봄날의 하얀 소국을 보았지
"나를 연애하게 하라!" 노랠 한 건
'달빛요정역전만루홈런'이었어

고데인지
고도인지
고뎅인지하고 했다는 약속을
기다리던 두 남자가 있었다는데

오늘도 오지 않을 너에게 기대

언젠가 너는 내게 물어
"여기는 '제비', 저기는 '이리'
홍대는 이름이 다 왜 그래?"
으응, '은하수 다방'도 있었는데
이젠 없어 '물고기'도

고데인지
고도인지
고뎅인지하고 했다는 약속을
기다리던 두 남자가 있었다는데
오늘밤도 어딘지 모를 너에게 기대

아침에 문득 난 말했지.
"나, 좋아하는 사람이 생겼어."
너에게 던진 거짓말이 돌이 되어
마음의 물수제비를 어디까지 튀길까?
난 너무 궁금해.

〉

또 토라진 내게, 넌 말했어.

"우리, 이제 안 봐요?"

너에게 원한 건 숨겨진 진심

잠수 중인 나는 고래처럼 튀어 올라

난 너무 궁금해.

고데인지

고도인지

고뎅인지하고 했다는 약속을

기다리던 한 사람이 있었는데,

매일매일 기대하지 않는 너에게 기대

(웅얼웅얼)

A : "그래서, 연애를 했대?"

B : "했겠지. 문학이랑, 연애를…"

▶ 어느날 밤, 자려고 누웠는데, '기대를 잊자'고 한 어떤 희미한 희망에 또 '기대'를 걸고 있는 자신을 발견했다. 그때 문득 '너에게 기대'라는 제목을 떠올랐다. 여기서, '너'는 사랑하는 사람이 될 수도, 희망이 될 수도, 세뮤엘 베케트의 희곡 「고도를 기다리며」의 '고도'가 될 수도 있다. '기대'라는 단어는 중의적으로 써보았다. '기대하다'의 기대와, 의지하여 '기대다'의 기대. 기댈 수 없다는 걸, 기대할 수 없다는 걸 알면서도 기대는 마음, 희망이 없다는 걸 알면서도 희망하게 되는 마음을 담아보았다. 후렴구에 반복되는 대사(고데인지, 고도인지, 고뎅인지하고 했다는 약속)는 「고도를 기다리며」 등장인물 '포조'의 대사를 조금 바꿔 인용하였다 (『고도를 기다리며』, 민음사, 45쪽). 마지막 (웅얼웅얼) 부분은 가끔 노래 마지막에 밴드 멤버나, 친구들의 대화로 fade out하면서 끝나는 노래를 생각하며 넣어보았다.

연애는 귀찮아

Verse 1
연애는 너무너무 귀찮아
연애를 안 하면 한밤에 라면 끓여도
일주일에 세-번 요가 안 해도
죄책감은 노~옵!

연애는 너무너무 귀찮아
연애를 안 하면 니 취향 floral dress
패턴별로 안-사니까 돈-도 굳지!
"저축도 할 수 있어어~"
아침에 일어나 얼굴에 뾰루지 하나
대~범하게~ 아이 캐앤!

후렴 1
널 만나러 가는 길!

너에게 잘 보이고 싶어 꽃-단장하느라
약속 장소에 온 순간
"이미~ 피곤해, 휴~~"

널 만나러 가는 길!
너에게 잘 보이고 싶어 꽃-단장하느라
약속 장소에 도착-한 순간 이미 피곤해

Verse 2
연애는 너무너무 귀찮아
연애를 안 하면 밀당 때문에
나노 단위로 머리 안 굴려도
댓츠 오케이! 흠~

연애는 너무너무 귀찮아
연애를 안 하면 딴-여자 말끝마다
환한 미소와~ 오버 리액션에
"둘이 그렇게 친했어? 미친 거 아냐?"
질투 안 해도 예쓰!

후렴 2
너는 나의 만성 피로
너무너무 피-곤해
연애를 못하는 게 아니고
안 하는 거야~

너는 나의 만성 피로
그래도 가끔은 종합, 비타민
연애를 못하는 게 아니고
안 하는 거야~

D. bridge – slow
연애는 너무너무 귀찮아
너는 나의 만성 피로
너무너무 피-곤해
그래도 니가 보고 싶어

▶ 연애라는 단어와 가까워질 시기에는 언제나 양가적 감정이 든다. '설레렌다', '아아… 너무 피곤하다.' 그까짓 연애가 뭐라고 이렇게 사람을 귀찮게 하는 건가. 그러면서도 기꺼이 그 모든 것들을 극복해 내는 것이 또 연애만의 묘미가 아닌가 하여, 지어본 작사다.

■ 고민조

지금뿐이라서

Verse 1

잠에 들었지 꿈에는 실패가 없었어.

넘어지더라도 여러 번 시도할 수 있잖아.

현실은 물에 젖은 성냥개비

아무리 그어도 불꽃은 없지만

마음에 그어진 붉은 가루로

꿈속에서 새로운 일들을 해보았네.

Verse 2

눈을 뜨고선 마음이 선선해졌어.

마치 다시 잠들 수 없는 사람처럼

현실의 나는 슬퍼졌던 거지.

아직 뜨지 못한 해 초조한 달빛

언제 다시 꿈속으로 갈 수 있을까.

방 안에서 아무것도 할 수 없었네.

후렴 1

아 언제 다시 잠이 찾아올까.

아 언제 다시 꿈을 꾸게 될까.

생각해 봐도 달라지는 건 없는데

바꿀 수 있는 건 지금뿐이라서.

Verse 3

자리에서 일어나 커튼을 쳤어.

다이빙은 해본 적 없는 사람처럼

어색하게 팔꿈치를 펴보았지.

그것만으로도 괜찮은 시작이었어.

텅 빈 달빛 사이로 해가 뜨고

그제야 문고리를 잡을 수 있었네.

Verse 4

이른 아침 차가운 공기가 코끝을 스치고

내 마음에 붉은 가루 모두 날아가네.

사람들의 분주한 발걸음을 따라서

아직 갈 곳은 없지만 열심히 걸어보자.

어디로든 연결되는 동네 길처럼
한 발 한 발 걸어갈 힘을 찾았네.

후렴 2
아 언제 다시 잠이 찾아올까.
아 언제 다시 꿈을 꾸게 될까.
생각해 봐도 달라지는 건 없는데
바꿀 수 있는 건 지금뿐이라서.

아 언제 다시 잠이 찾아올까.
아 언제 다시 꿈을 꾸게 될까.
생각해 봐도 달라지는 건 없는데
바꿀 수 있는 건 지금뿐이라서.

▶ 세상살이와 삶에 대해 걱정과 두려움이 많은 사람이 용기를 갖는 과
정을 노래 가사로 만들었다.

나 혼자 멈칫

Verse 1

걷다가 걷다가 자꾸만 멈추네.

자다가 자다가 눈이 번쩍 떠지네.

어제 내가 그렇게 말한 건 정말 실수였어.

서툰 마음과 달리 말은 너무 빨라

간단한 일조차도 마음대로 안 되는데

세상을 어떻게 살아야 할까.

후렴 1

우– 사랑했던 사람도 떠나가고

우– 좋아했던 풍경도 사라지고

아– 내가 믿었던 나의 모습도

아– 이젠 자리에 없는 거지.

Verse 2

걷다가 걷다가 자꾸만 멈추네.

자다가 자다가 눈이 번쩍 떠지네.

걱정이 더 이상 걱정이 아닌 지금

새 불안이 나를 멈칫거리게 해.

간단한 생각조차도 마음대로 안 되는데

세상을 어떻게 살아야 할까.

후렴 2

우– 그래도 지나갈 기억이라면

우– 그래도 하루 끝 잠에 든다면

아– 지나간 일들을 덮어두고

아– 내가 바라는 나를 찾아서

Verse 3

내가 살던 동네에는 새 아파트가 들어섰네.

친구들과 자주 가던 음식점도 간판을 내렸네.

주변은 계속해서 달라지고 있는데

왜 나는 나는 나는

멈춰 있는 걸까.

우- 사랑했던 사람도 떠나가고
우- 좋아했던 풍경도 사라지고
아- 내가 믿었던 나의 모습도
아- 이젠 자리에 없는 거지.
우- 그래도 지나갈 기억이라면
우- 그래도 하루 끝 잠에 든다면.

아- 지나간 일들을 덮어두고
아- 내가 바라는 나를 찾아서.
아- 내가 바라는 나를 찾아서.
아- 내가 바라는 나를 찾아서.

▶ 주변 사람들은 다 잘 나가는 것 같고, 새로운 변화를 긍정하면서 살아가는 것 같은데 자신은 그렇지 못한 것 같다고 생각하는 화자를 상상하며 썼다. 비교할수록 작아지는 자신의 상황을 살피면서 세상을 어떻게 살아야 할지 고민하는 화자가 결국 자신이 바라는 자신의 모습을 상상하면서, 멈춰 있는 상황에서 한 발 더 나아갈 수 있기를 바랐다. 노래 가사를 쓰면서 장기하의 목소리를 생각했다. 가사가 축 처지지만 멜로디는 발랄해서 주춤거림이 더 초라하게 느껴지면 좋을 것 같다 생각했다. 그 초라함이 동시에 통통 튀는 태도가 되어서 화자가 바라는 자신의 모습을 찾게 될 거라는 의미가 될 수 있게끔 상상했다.

■ 이승원

누구 맘대로

verse 1

누구 맘대로 누구 맘대로
나비같이 날아 내 꽃밭에 앉아버렸나!
사랑의 단물을 꽃술에 담아
사랑의 꽃을 피워버렸나!

후렴 1

어기야디야 이 사랑을 어찌하리오
멈출 수 없는 이 사랑을

verse 2

당신 맘대로 내 맘대로
벌같이 날아 내 꽃밭에 앉아버렸나!
불같은 사랑을 꽃술에 담아
사랑의 꽃이 활짝 피었네!

후렴 (반복)

어기야디야 이 사랑을 어찌하리오

멈출 수 없는 이 사랑을

▶ 한 여인을 향한 연민과 사랑을 꽃, 나비, 벌을 매개로 노랫말로 표현
했다. 사랑은 영원한 테마로 어찌할 수도 미워할 수도 없는 주제다.

엉큼한 사랑

verse 1

당신과 우연히 눈길 마주친 날

알 수 없는 떨림을 느꼈네.

아지랑이 되어 피어오르는

첫눈에 반한 수채화 짙은 사랑으로

흔들리는 내 마음.

후렴 1

슬며시 당신 손잡아

내 품에 안아주고 싶네.

verse 2

당신을 만난 것은 운명인가요.

떨리는 이내 마음 어찌할까.

돌아서면 또 보고 싶어 뒤돌아보며

첫눈에 반한 수채화 같은 사랑으로
흔들리는 내 마음.

후렴 (반복)
슬며시 당신 손잡아
내 품에 안아주고 싶네.

▶ 연가풍의 노랫말로 연인에 대한 심정을 엉큼한 남자의 엉큼하지 않은
유니크한 사랑으로 표현해 보았다. 사랑은 은밀하면서도 다소 엉큼한 면
이 있지 않나 싶어 제목을 엉큼한 사랑으로 정했다.

눈을 감아

Hey Chuchuwa

그 시커먼 마음에 숨겨둔 것들이
자꾸만 구멍을 만들며 돌아가잖아
그렇게 하나씩 서로 묶여진 풍선들은
검게 변해가고 많아
찾아 해매 아직 남아 있던
portray 색이라도 바꿔본다 해도
그대로 있지 못해 자꾸만 run away
pale blue dot 너와 나
만든 풍선들은 별이 되어
푸른 하늘을 채우고 잊히며 터질 때쯤
내 맘에 하나둘 쌓여가
떨어진 터진 풍선 조각들
저 그늘진 잔디 위에서

하나둘씩 쓰다듬다
편하게 산디 위에 누워 눈을 감고 잠에 들면
다시 들을 수 있을 거야

Hey Chuchuwa

너를 봐, 이젠 편히 돌아가자 나와
그 풍선들을 알기 전부터 즐거웠던 우린
다시 돌아가 처음부터 다시 일어서자
그 말 한 마디 못하고
자꾸만 뒤돌아보기만 바빠 난

다시 불어봐 하나 둘 셋
네 옆에 있는 이들은 넷이 넘네
이제라도 말해 봐 차라리 눈을 감을래
귀를 막고 눈을 감고 입을 다물면

Would you stop?
Would you go?

I sad stop

내가 만든 풍선들의 끝을 보면
이미 남의 풍선들과 섞이거나 터져버려
마음만은 그대로 떨어져 이젠
머지않아 나 또 눈 감고 말해 차라리

너를 봐, 이젠 편히 돌아가자 나와
그 풍선들을 알기 전부터 즐거웠던 우린
다시 돌아갈래 맞아 처음부터 다시 일어서자
그 말 한 마디 못하고
자꾸만 뒤돌아보기만 바빠 난
'돌아가고 싶어 웃기만 했던 그 날로'

Hey Chuchuwa

▶ 어린 시절로 돌아가고 싶은 마음과 내적 갈등을 담았다. 놀이동산을
연상할 수 있는 분위기를 조성했다. 신나는 톤은 유지하지만 한편 오싹
한 느낌도 있고, 도망가고 싶다는 마음도 들어 있다.

울어버린 날

모두가 잠든 이 밤 잠결에 문뜩 눈을 뜨면
유난히 밝은 스탠드 불빛이 날 덮어주고 있네.

텅 빈 방 안 책상 위
자리 잡은 노트 한 페이지에
흠뻑 젖은 자국 고스란히 남아 있어.
그 날도 눈을 감지 못해 검게 그을린 눈으로
다시금 새하얀 꿈을 칠해야 해.
나 그저 홀로 멍하니 침대에 앉아 울고 있었어.

아무 일도 없다고 울었어.
덜덜 떨리던 차가운 손이
새하얀 꿈 위를 칠해갈 땐
그래 그리 길지 않았어.

방바닥에 그림자가 기울어가고
차디찬 바람에 계속 흔들리고
나 도망도 가지 못하고 유난히 더딘 시간 속에
나 홀로 잠겨가고 말았지.

그 날도 눈을 감지 못해 검게 그을린 눈으로
다시금 새하얀 꿈을 다시 칠해야 해.
나 그저 홀로 멍하니 침대에 앉아 울고 있었어.
아무 일도 없다고 울었어.
덜덜 떨리던 차가운 손이 새하얀 꿈 위를 칠해갈 땐
그래 그리 길지 않았어.

점점 젖은 자국들 말라가고
더 이상 내 몸을 덮은 검은 그늘도
날 계속 잡지 않네. 오랜 불청객 같던
그 영화도 전부 말라 있어.
이제는 따스한 내 손
이미 검게 칠해진 그 꿈
더는 눈에 들어오지 않던 새하얀 불빛들

Re

모두가 삼든 이 밤 잠결에 문득 눈을 뜨면

유난히 밝은 스탠드 불빛이 날 덮어주고 있네.

▶ 창작적인 고뇌 속에서 스스로 성공할 수 있다고 격려하는 의미를 담
았다. 전체의 시간적 흐름은 밤, 새벽, 아침 시간 순으로 이어 있다. 밤은
시작하기 싫다는 마음을, 새벽은 자신을 격려하는 의미를, 아침은 성공
에 대한 성취감을 형상했다.

■ 홍인표

아빠 손

아빠 손에 들려 있는 군밤 한 봉지.
찬바람 쌩쌩 불어 아빠 손 차가운데
봉지 속 군밤에는 모락모락 김이 날까?
막 구운 군밤을 사 온 거라 아빠는 말하지만
난 알아, 아빠 사랑 때문인걸.
찬바람 쌩쌩 불어 아빠 손 붉게 물들었지만
따뜻한 아빠 사랑 때문에
봉지 속 군밤에는 모락모락 김이 나는 거야.

아빠 손에 들려 있는 과자 한 봉지.
찬바람 쌩쌩 불어 아빠 얼굴 차가운데
봉지 속 과자에는 모락모락 김이 날까?
막 구운 과자를 사 온 거라 아빠는 말하지만
난 알아, 아빠 사랑 때문인걸.
찬바람 쌩쌩 불어 아빠 얼굴 붉게 물들었지만

따뜻한 아빠 사랑 때문에

봉지 속 군밤에는 모락모락 김이 나는 거야.

▶ 장인어른은 아내가 어릴 때 돈을 벌러 쿠웨이트에 가셨습니다. 아내
를 비롯한 3남매가 한창 예쁘게 성장하는 모습을 볼 수 없었습니다. 그
때문인지 생전 장인어른의 자녀 사랑은 정말 가슴 뭉클했습니다. 귀여운
딸인 제 아내를 보고 미소 짓는 장인어른을 생각하며 쓴 동요 노랫말입
니다.

사진 찍기

우리 슬기 사진 찍자. 아이 싫어 난 싫어.
그네 타며 흔들흔들 긴 머리도 흔들흔들.
하지만 사진 속엔 한 손은 브이 하고
아빠 얼굴 바라보며 방긋 웃는 우리 슬기.

우리 승기 사진 찍자. 아이 싫어 난 싫어.
공 굴리며 도리도리 예쁜 얼굴 도리도리.
하지만 사진 속엔 한 손은 브이 하고
엄마 얼굴 바라보며 활짝 웃는 우리 승기.

▶ 어느 날 오전 놀이터에서 그네를 타며 노는 여자아이를 보았습니다. 잠시 후 아이의 아버지가 다가와서 아이를 보며 휴대폰을 들고 사진을 찍으려 하자, 아이는 "찍지 마요. 찍지 마." 하며 아버지에게 말했습니다. 하지만 아버지는 껄껄껄 웃으면서 카메라에 딸의 모습을 담았습니다. 그 장면을 보며 "만일, 나에게도 딸이 있다면?"이라는 생각을 하면서 쓴 동요 노랫말입니다.

제4부

아픈 막걸리

아픈 막걸리

1.

맥주보다 소주
소주보다 막걸리라지만
이거 아니야.
이 막걸린 아니야.
오늘 이 막걸리는 너무 아파.

마시기도 전에
눈물 흘러. 흘러 넘쳐.
이거 아니야.
이 눈물 아니야.
눈물인지 막걸린지 정말 아파.

그 바다야 그 카페야.
그 호수야 그 술집이야.

네 웃는 얼굴 네 목소리.
네 어설픈 개인기 들려 보여.
흔들려 잔이 흔들려 흘러 넘쳐.

너 떠난 뒤 울지 않았어.
너 떠난 뒤 참고 참았어.
너 떠난 뒤 참고 마셨어.
막걸리야, 아픈 막걸리야.
막걸리야, 아픈 막걸리야.

2.
사랑보다 이별
이별보다 그리움이라더니
이건 아니야.
이 막걸린 아니야.
내 손이 흔들려, 맘을 때려.

잊어지기 전에
눈물 흘러. 흘러 넘쳐.

정말 아니야.
이 눈물 아니야.
눈물인지 막걸린지 정말 아파.

그 거리야 그 불빛이야.
그 허공이야 그 안개야.
네 하얀 얼굴 네 긴 그림자.
네 웃픈 몸놀림 들려 보여.
흔들려 잔이 흔들려 흘러 넘쳐.

너 떠난 뒤 울지 않았어.
너 떠난 뒤 참고 참았어.
너 떠난 뒤 참고 마셨어.
막걸리야 아픈 막걸리야.
막걸리야 아픈 막걸리야.

▶ 바이브의 윤민수가 부른 「술이야」라는 노래가 있다. '맨날 술이야'라는 후렴이 인상적인 노래다. 애인 잃고 술타령하는 거라 쉽게 생각할 수도 있는데, 돌이켜보면 누구에게나 그럴 때가 있는 것이다. 떠나간 애인을 두고 잊지 못하는 괴로움을 '막걸리 마시는 신식 풍토'에 연계해 봤다. 애인과 함께 가던 바다, 호수, 거리를 떠올릴 때는 물론이고 그냥 허공만 봐도 애인 생각에 젖는 아픔이 아예 '막걸리가 아픈 것'이 되어 '아픈 막걸리'라는 제목으로 이어졌다.

당신이 오셔서 아름다운 날

1.
풀잎을 깨우는 한 줄기 바람처럼
어둠을 깨우는 꽃나무 향기처럼

은은한 미소 잔잔한 속삭임으로
여기 내 앞에 온 당신

당신과 함께 있어 행복한 오늘
당신이 오셔서 아름다운 날.

2.
풀씨 하나 풀잎으로 자라고
꽃씨 하나 꽃으로 피어나듯

바람을 타고 향기 가득 품고

여기 내 앞에 온 바로 당신

당신과 함께 있어 행복한 오늘
당신이 오셔서 아름다운 날.

▶ 2014년 7월 3일 새벽이었다. 시베리아의 한복판에 위치한 크라스노야르스크로 가기 위해 베이징에서 환승했다. 시베리아 벌판을 하염없이 달렸다. 한국과는 달리 해가 일찍 뜨고 오래 머무는 지역이라 이른 새벽부터 창밖이 부윰하게 밝아오고 있었다. 졸다 깨다 하다가 점점 정신이 맑아졌고 갑자기 시를 쓰기 시작했다. 어릴 때부터 '생일 축하 노래' 같은, 우리 모두가 부르는 노래는 우리나라 사람이 만든 우리 노래여야 한다고 생각했다. 이 작사로 한 무명 작곡가가 곡을 붙여 노래를 만들었으나 함께 부를 수 있는 노래로는 좀 힘든 곡조였다. 생일, 탄생, 출발, 첫 만남, 재회 등을 기념하는 날에 부를 노래가 되려면, 쉽고 단순한 쪽이 좋겠다 싶다.

■ 김수복

반딧불

너를 사랑하기 위해서 떠나는 거야

너를 그리워하기 위해 어둠이 다가오는 거야

이별의 여우에게 홀려서

잊지 못할 얼굴들 찾으러 뛰어다닌다

고양이들

고독이라는 정글을 아시나요

그늘과 외로움과 배고픔이

천변의 시영아파트에 모여 사는

어둠으로 배를 채우는 저녁이 있습니다

아무도 사랑하지 않는 사랑에게

계시는 그곳, 마음은 화창한지요

흔들어 깨워도 새벽은 일어나지 않습니다

히말라야에게서도 소식은 없습니다

이별이 가장 빛나는 사랑이라고 속삭여봅니다

▶ 시가 흥의 파도가 되고 흥의 파도가 노래의 바다가 되리라

잊혀진, 잊히지 않는

우리는 매순간 기억과 망각 사이를 횡단하지.
잊어도 좋다고 여겼다가
끝내 잊을 수 없다고 울고
잊을 수 없을 것 같다가도
어느새 잊어버리지.
삶이란 어떤 것을 잊지 않는 노력
한편으론 잊으려는 고통으로 점철된 시간
역사는 기록되지만 사랑은 기억되지.
광장의 기록과 밀실의 기억으로 남기까지
우리는 평범과 비범 사이에서
끝없이 기우뚱 시소를 타네.
쉼 없이 발을 굴러 그네를 띄워
보존과 상실이 등을 맞대고
낮밤이 교차되는 여기가 바로 우리의 놀이터
지금 사랑을 끝낸 사람은 잊고 싶은 게 많지만

이제 사랑을 시작한 사람은 잊을 수 없는 게 많네.

어제 저 무덤에 누운 자는 잊어도 좋은 게 많지만

오늘 요람에서 일어선 나는 잊어서는 안 되는 게 많네.

그 사람의 가슴을 잃어버렸다고

그 따스함까지 잊어버린 건 아니야.

삶은 한 사람이 살았던 생애의 총량이 아니지.

현재 그 사람이 기억하고 있는 그것

그 삶을 얘기하기 위해 어떻게 기억하느냐에 달렸다는 전언.

겨울을 맞이한 고원의 빛나는 별에서

봄으로 들어선 평원의 풀잎까지

역사의 수레 아래 신음하는 군중에서

태엽의 톱날에 쪼개지는 개인까지

잊혀진 것들과 잊히지 않는 것들이

겹치거나 스치네 포개지고 엇갈리네.

우리는 누구? 시인?

남은 것과 사라지는 것에 관한 예민한 감식가

통합과 분해의 실험자

복원과 상실의 선별자
우리가 높이 쌓은 석탑
흘려보낸 강물이
교차하네
충돌하네
뒤섞이네
희망하네.

▶ 잊히면서 잊히지 않는 일들이 뒤섞이는 우리의 일상을 서사적으로 풀
어냄. 리드미컬한 비트의 랩이 들어간 가요.

성(城)의 높은 곳에서

처음 본 순간부터 한 번도 꺼지지 않은 마음
그대 곁에 머물고 싶은
사랑이 불처럼 안에서 타올라
열기 속의 나는 숨을 쉴 수 없네
그대는 내게 꿈을 준 사람
끝내 불가능의 꿈이 된 사람
그래도 곁에 남으리
그대 영원한 영혼
나는 그대 곁의 영원한 영혼
성의 가장 높은 곳에서 부르는 이름

처음 본 순간부터 한 번도 시들지 않은 마음
그대 꿈에 거닐고 싶은
하나 되어 거닐고 싶은
그대는 나에게 꿈을 준 사람

끝끝내 불가능의 꿈이 된 사람
나는 그대 곁의 영원한 영혼
성의 가장 높은 곳에서 외치는 이름

▶ 극복하기 어렵고 도달하기 어려운 대상에 대한 끝없는 사랑을 웅혼한
서정으로 그려냄. 긴 호흡과 유장한 멜로디 라인의 록발라드 풍을 생각
하며 씀.

빛으로 이어진

무릎 꿇고 드리네
내가 가진 선한 것
안에서 밖으로 드리네
아래에서 위로 드리네
내 가장 마지막으로 지닌 단 하나
흔들리는 나무 캄캄해지는 언덕

나는 알고 있네
지혜로운 자는 지혜를 구하지 않듯
행복한 사람은 더는 노래하지 않네
그 사람 더는 외치지 않네

무릎 꿇고 드리네
내가 가진 선한 것
안에서 밖으로 아래에서 위로

〉
나는 알고 있네
이것은 아주 작고 초라한 빛
그러나 깜깜한 밤 앞을 비추네
빛으로 타오르는 나무
빛으로만 이어지는 언덕

▶ 아주 작고 초라한 빛이라도 캄캄한 밤 발 앞을 비추기 마련이다. 누군가의 눈에는 미약하게 보이는 일을 하더라도 성실한 태도로 임하는 분들이 많아지면 세상이 환해지리라는 희망의 메시지. 포크 뮤직 혹은 랩도 가능할 거라 생각하며 씀.

풋콩, 당신

푸른 풋콩을 당신과 먹는 가을밤
다른 나를 보고 깊은 꿈을 꾸네
마당의 여름꽃밭에 일렁이는 달빛
매일 손을 뻗어 더듬는 당신 얼굴

그 가을 풋콩을 즐겨 먹던 당신은
달라진 나를 보고 푸른 꿈을 꾸네
마당의 여름꽃밭에 일렁이는 달빛
꿈속에서 손끝으로 그려보는 고운 뺨

▶ 일본식 주점에서 흔히 먹는 가을 풋콩(흔히 '에다마메'로 부르는)을 좋아하던 연인이 떠난 후, 시간이 흘러서 여름밤의 그리움을 그려냄. 트로트 혹은 포크의 멜로디를 생각하며 씀.

● 소설가 해이수는 단국대학교 문예창작과 교수로 재직하고 있으며 장편소설 『탑의 시간』, 에세이 『기억나지 않아도 유효한』 등을 냈다.

그만큼이야

그만큼 그만큼이야
사랑한 만큼 그만큼이야.

사람이 사랑을
사랑이 사람을
갈라놓을 때까지
사랑한 만큼 그만큼이야.

우리 이별이 너무 아파도
너를 사랑한 만큼
그 시간만큼 그만큼이야.

너를 사랑한
부피만큼 그만큼

너를 사랑한
넓이만큼 그만큼

너를 사랑한
깊이만큼 그만큼
그만큼 그만큼이야.

인생은
너를 사랑한 만큼 그만큼
그 시간만큼 그만큼
그만큼이 전부야.

그만큼 그만큼이야
사랑한 만큼 그만큼이야
그만큼이 전부야.

▶ 사람은 그 무언가를 사랑한 넓이와 깊이와 부피만큼 산다. 그만큼이
인생이다.

꽃 바칠래

꽃 바칠래 꽃 바칠래.
오월 봄날 그대에게 꽃 바칠래.
지화자 지화자 꽃 바칠래.

우리 님을 위해
불어오는 산들바람이
진달래꽃 가지마다 꽃 달아놓았네.

꽃 바칠래 꽃 바칠래.
오월 봄날 그대에게 꽃 바칠래.
지화자 지화자 꽃 바칠래.

사랑을 맞이하는 일은
그대보다 먼저 도착해
꽃을 바칠 준비를 하는 일

〉

꽃 바칠래 꽃 바칠래.

오월 봄날 그대에게 꽃 바칠래.

지화자 지화자 꽃 바칠래.

▶ 강릉에서 여는 단오제 때 신을 맞이하며 부르는 영신가(迎神歌)에서 차
운함.

며느리밥풀꽃

밥풀 밥풀 밥풀꽃
며느리밥풀꽃아
니 모습이
너무 애처로워 눈물이 난다.

밥풀 밥풀 밥풀꽃
며느리밥풀꽃아
붉은 꽃낭에 묻은 사연
너무 슬퍼 눈물이 난다.

입안에 밥풀 몇알 물고
맞아죽은 죽은 이야기
너무 안쓰러 너무 안쓰러
가슴이 민다 가슴이 민다.

밥풀 밥풀 밥풀꽃
며느리밥풀꽃아
울면서 죽어 웃으면서 피어 있는
슬픈 운명에
눈물이 난다 눈물이 난다.

꽃이여, 며느리밥풀 꽃이여
이쁜 꽃술에 붙은 밥풀떼기
슬픈 과거
어찌할까 어찌할까.

밥풀 밥풀 밥풀꽃
며느리밥풀꽃아
죽어서도 밥알 문 니 모습이
너무 애처로워
눈물이 난다 눈물이 난다.

▶ 금낭화는 꽃송이가 밥풀 같다 하여 며느리밥풀꽃으로도 불림. 이 꽃
에 얽힌 며느리의 슬픈 사연을 가사로 옮김.

■ 박덕규

울컥, 톡톡

울컥

나는 가끔 소리 내 책을 읽는다.
그러다 갑자기 울컥 해서 목이 멜 때가 있다.
무슨 슬픈 장면이어서가 아니다.

고등학교 시절 방에 누워 책을 소리 내 읽고 있는데
뒤에 앉아 바느질을 하고 계시던 어머니가
어느 대목에선가 쯧쯧 딱하지,
하고 혀를 차셨다.

그 소리가 책 읽고 있는 내 귓전에 울리곤 해서다.
돌아봐도 어머니가 뒤에 앉아 계시지 않다는 걸
내 몸이 어김없이 알아서다.

톡톡

녹음 짙은 어느 일요일

학교 도서관에 공부하러 간다고 하고 시외버스 타고
근교에 놀러 갔다 와서는

하루 종일 책상에 앉아 있어서 땀띠가 다 났네 하고
엉덩이 까 내렸을 때

엄마는 사다 놓은 얼음을 깨 엉덩이에 대 주시면서

한 손으로는 부채를 들고 힘차게 부쳐주셨지요.

땀띠 난 살을 부채로 일부러 탁탁 때리기도 하시면
서.

그러면 나는 짐짓 몸을 움찔움찔 해 보였지요.

지금도 가끔

혼자 책상에 오래 앉았다 엉덩이가 가려우면

거울 앞에 서서 바지를 내리고

땀띠가 나지 않았나 고개를 돌려 봐요. 그러면

어느새 어머니가 오셔서 부채로 엉덩이를 톡톡 쳐주
시지요.

▶ '울컥'은 「독서」, '톡톡'은 「땀띠」라는 시다. 두 번째 시집 『골목을 나는 나비』(서정시학, 2014)에 수록했다. 두 편 모두 어머니와 함께한 옛 시절을 회상하면서 썼고, 편하게 이야기하듯 들려주는 느낌을 유지했다. 랩으로 불리면 썩 어울리지 않을까 가끔 생각해 봤다. 각각 한 편이기보다 두 편을 하나로 잇는 거면 더 좋을 듯싶다.

■ 신정아

지금이 바로 그때

커피를 마시기 위해 잠을 자고
커피를 마시기 위해 눈을 뜹니다.
당신에게만 말해 줄게요.
사실 나는 지독한 길치여서
아주 익숙한 길에서조차
한 발짝도 걷지 못하곤 합니다.
이리저리 헤매는 발길처럼
하루 종일 시간을 허비하지요.
어두워지는 길목 한가운데 서서
길잃은 고양이처럼
주변을 두리번거리다가
노을이 질 때면
하염없이 노을을 바라보고 있어요.
그러니
언제 만나 커피라도 한잔 하자는

애기는 말아주세요.

어때요

지금 바로 제게로 와서

커피 한잔 하시겠습니까?

▶ 나에게 주어진 날은 오직 하루. 삶에서 중요한 것은 무엇일까.

몸치라서 미안해요

세상엔 휘청거리는
바람 너무 많아
난 그걸 안아주지 못하고

가을바람에 떨어져
뒹구는 낙엽처럼
바라보고만 있었네요.

당신께 가려는 발걸음
차마 떼지 못하는
몸치라서 미안해요.

세상엔 손길을 기다리는
바람 너무 많아
난 그곳에 다가가질 못하고

〉
하늘에서 떨어지는
저 눈빛도 두 손으로
받아주지 못했네요.

사랑을 기다리다 지친
별들은 어깨 위로 쏟아지고

당신께 가려는 발걸음
차마 떼지 못하는
몸치라서 정말 미안해요.

▶ 손길이 필요한 것들을 뒤로 하고 당신은 어디로 향하고 있는가.

● 시인이자 동시인인 신정아는 단국대 문예창작과 교수로 재직하고 있으며 시집 『내 사랑 길치』, 동시집 『우리집에 바퀴를 달고』 등을 냈다.

이별의 학

그대는 어쩌다
이별의 학이 되었나?
스스로 눈물에 젖어
날 수 없는 가엾은 날개가 되었나?

세상에 못다 한 인연
운명이 기구한 사랑이야
셀 수 없이 많겠지만
안개에 젖은 날개 퍼덕이며
하늘만 쳐다보는 그대를
안타까이 바라만 볼 뿐

그대는 어쩌다
이별의 학이 되었나?
사랑하는 사람 구름 되어

하늘로 흩어져도
그저 젖은 날개로 발버둥치는
그대는 어쩌다
이별이 학이 되어 울고만 있나?

아, 살아 못 이룬 사랑
죽어서는 이룰 수 있을까?
그대는 어쩌다
눈물에 젖은 이별의 학이 되었나?

▶ 죽음으로 영원히 이별할 수밖에 없는 슬픈 사랑의 이야기를 담았다.

곰곰나루시인선 20

너의 노래를 위한 나의 노랫말

초판 1쇄 발행 2025년 01월 20일

지은이 박용재 외
공동기획 단국대학교 국제문예창작센터
         단국대학교 한국문화기술연구소
펴낸이 임현경

펴낸곳 곰곰나루
출판등록 제2019-000052호 (2019년 9월 24일)
주소 서울특별시 양천구 목동서로 221 굿모닝탑 201동 605호(목동)
전화 02-2649-0609
팩스 02-798-1131
전자우편 merdian6304@naver.com
유튜브 채널 곰곰나루

ISBN 979-11-92621-18-0 03810

책값 15,000원